OBJETS D'ART DE LA CHINE

Mᵉ Ed. FOURNIER
M. André PORTIER

OBJETS D'ART DE LA CHINE

Mᵉ Ed. FOURNIER
M. André PORTIER

OBJETS D'ART DE LA CHINE

CÉRAMIQUE

Bronzes - Émaux de Canton

Jades — Pierres dures

ETC.

Dont la Vente aura lieu à l'HOTEL DROUOT, Salle N° 8

Les LUNDI 8 et MARDI 9 JUIN 1914

à 2 heures

Me Ed. FOURNIER	**M. André PORTIER**
Commissaire-Priseur	*Expert près le Tribunal Civil*
29, RUE MAUBEUGE, 29	24, RUE CHAUCHAT, 24

chez lesquels se distribue le présent Catalogue.

Exposition Publique à L'HOTEL DROUOT Salle n° 8

Le DIMANCHE 7 JUIN 1914, *de 2 heures à 6 heures*

CONDITIONS DE LA VENTE

Elle sera faite expressément an comptant.

Les acquéreurs paieront 10 pour 100 en sus des enchères.

L'expert sera présent à l'Exposition publique et se tiendra à la disposition de MM. les Amateurs qui auraient des renseignements à lui demander ou des ordres d'ochat à lui confier.

1ère Vacation

PORCELAINES

1. — Support pour Kwannin, en porcelaine à décor polychrome.
Epoque Yungching.

2. — Autre support de décor et d'époque similaires.

3. — Vase cornet en porcelaine bleu et blanc à décor de paysage et de palmettes.
Epoque Yungching. Haut. 0 m. 16

4. — Petite bouteille en porcelaine bleu et blanc à décor fleuri.
Epoque Kienlong Haut. 0 m. 19

5. — Vase en porcelaine bleu et blanc à décor de personnages.
Epoque Yungching. Haut. 0 m. 20

6. — Bouteille, gourde à double panse, à décor bleu et blanc.
Epoque Yungching. Haut. o m. 17

7. — Vase, de forme élancée, en porcelaine bleu et blanc à décor fleuri.
Epoque Kang-hi. Haut. 0 m. 20

8. — Bouteille, en forme d'une gourde à double panse, en porcelaine gris craquelé.
Epoque Ming. Haut. 0 m. 17

9. — Deux cache-pots de forme quadrilatérale, en poterie rouge.
Epoque Yungching. Haut. 0 m. 27

10. — Bouteille en porcelaine bleue soufflée, réservant une figure de Rakan jouant avec un crapaud.
Epoqne Kienlong. Haut. 0 m. 21

11. — Bouteille à long col tubulaire, en porcelaine rouge haricot.
Epoque Kienlong. Haut. 0 m. 23

12. — Verseuse à double corps, en faïence émaillée bleue, décorée en blanc de fins paysages.

Epoque Kienlong — Haut. 0 m. 15

13. — Théière en poterie rouge, à décor de motifs fleuris.

Epoque Kienlong.

14. — Petite figure de Kwannin en grès.

Epoque Ming. — Haut. 0 m. 13

15. — Petit vase à couverte moutarde.

Epoque Yunching.

16. — Deux petits vases, l'un monochrome vert, l'autre jaune et brun.

Epoque Kienlong. — Haut. 0 m. 11

17. — Encrier et petit vase.

Epoque Kienlong.

18. — Bouteille en porcelaine blanche, la panse décorée de pétales en rouge lavé.

Epoque Yungching. — Haut. 0 m. 18

19. — Petit pot, de forme arrondie, en porcelaine bleue, décoré en camaieu de rayonnement et de médaillons.

Epoque Kang-hi. — Haut. 0 m. 12

20. — Vase en faïence brune, imitant le bois, sculpté de personnages dans la montagne.

Epoque Ming. — Haut. 0 m. 14

21. — Petit bouddha en faïence.

Epoque Yunching.

22. — Deux petits vases variés.

Epoque Ming et Kienlong.

23. — Petit vase en porcelaine flambée.

Epoque Yungching. — Haut. 0 m. 12

24. — Deux vases en porcelaine blanche décorée de motifs fleuris, famille rose.

Epoque Taokuang. — Haut. 0 m. 13

25. — Bouteille à col tubulaire, en porcelaine brune, à décor fleuri.

Epoque Ming. — Haut. 0 m. 24

26. — Bouteille, en forme d'une gourde à double panse, en faïence émaillée brun.

Epoque Kang-hi. — Haut. 0 m. 16

27. — Bouteille, en forme d'une gourde plate, en faïence brune.
Epoque Ming. Haut. 0 m. 25

28. — Brûle-parfums formant vasque, en porcelaine, gris craquelé.
Epoque Yungching.

29. — Vase en pierre sculptée à décor de personnages dans la montagne.
Haut. 0 m. 14

30. — Bouteille à thé en porcelaine bleu et blanc.
Epoque Yungching. Haut. 0 m. 12

31. — Kwannin en blanc de Chine.

32. — Godet en blanc de Chine, décor fleuri.

33. — Théière en faïence blanche et brune.
Epoque Ming.

34. — Personnage et enfant en grès chinois imitant le Bizen.
Epoque Yungching. Haut. 0 m. 27

34. — Huit coupes en faïence blanche et brune.
Epoque Kienlong.

36. — Deux vases porte-bouquets.
Epoque Yungching.

37. — Petite bouteille à couverte poudre de thé.
Epoque Kienlong. Haut. 0 m. 14

38. — Deux bouteilles, la panse surélevée, l'une en faïence, l'autre en porcelaine, rouges.
Epoque Ming et Kienlong. Haut. 0 m. 19

39. — Deux autres vases de forme similaire.
Epoque Yungching.

40. — Deux vases variés.
Epoque Yungching.

41. — Deux vases, l'un en porcelaine blanche, l'autre poudre de thé.
Epoque Kienlong.

42. — Vase en porcelaine blanche, gravé sous couverte de motifs fleuris.
Epoque Yungching. Haut. 0 m. 17

43. — Vase piriforme en faïence vert truité.
Epoque Kienlong. Haut. 0 m. 16

44. — Vase de forme arrondie, en porcelaine rouge truitée argent.
Epoque Yungching.

45. — Bouteille en ancien blanc de Chine.

Marquée Ming mais Yunching. Haut. 0 m. 23

46. — Petit pot de forme aplatie, en faïence à décor clouté.

Epoque Sung.

47. — Bouteille basse, la panse lobée, en porcelaine bleue et blanche, à décor de dragons.

Epoque Ming.

48. — Deux petits pots formant panse en porcelaine, à décor de chimères. Emaux trois couleurs.

Epoque Ming.

49. — Pot à sauce en faïence émaillée brune.

Epoque Ming.

50. — Bouteille en faïence brune, décorée en relief de salamandres.

Epoque Ming. Haut. 0 m. 21

51. — Deux groupes en porcelaine, style de la famille verte Kang-hi.

52. — Figure de poussah assis, faïence émaillée.

Epoque Ming Haut. 0 m. 23

53. — Figure de Kwannin avec l'enfant, en faïence émaillée. Trois couleurs.

Epoque Ming. Haut. 0 m. 26

54. — Autre figure similaire.

Epoque Ming. Haut. 0 m. 25

55. — Figure de guerrier, similaire.

Haut. 0 m. 23

56. — Perruche sur rocher, en terre brune.

Haut. 0 m. 18

57. — Petit pot arrondi, en faïence blanche craquelée.

Epoque Ming.

58. — Figure en porcelaine émaillée. Trois couleurs.

Style Kang-hi. Haut. 0 m. 33

59. — Potiche basse en porcelaine bleue et blanche, à décor de chrysanthèmes stylisés.

Epoque Yungching. Haut. 0 m. 23

60. — Petit pot bas, la panse cotelée, à décor de fruits, en porcelaine bleue et blanche.

Epoque Ming. Haut. 0 m. 18

61. — Vase en porcelaine bleue et blanche, imitant la forme des anciens bronzes. Porcelaine bleu et blanc.

Epoque Kienlong. Haut. 0 m. 32

62. — Petit vase, de forme arrondie, en porcelaine bleue et blanche, à décor fleuri.

Epoque Kienlong. Haut. 0 m. 20

63. — Potiche en porcelaine bleu et blanc, à décor d'oiseaux et de feuillages.

Epoque Kang-Hi Haut. 0 m. 25

64. — Deux potiches couvertes en porcelaine bleue soufflée, à décor de médaillons fleuris.

Style Famille rose. Haut. 0 m. 35

65. — Deux vases cornets, offrant un décor similaire au précédent.

Haut. 0 m. 40

66. — Une paire de vases cornets, à décor d'oiseaux et de dragons.

Haut. 0 m. 43

67. — Une paire de vases rouleaux à décor de personnages.

Haut. 0 m. 42

68. — Une paire de bouteilles décorées, en réserve sur fond noir, de branches de pêchers.

Haut. 0 m. 41

69. — Une paire de vases rouleaux, en porcelaine bleue soufflée, à décor fleuri réservé en blanc.

Haut. 0 m. 43

70. — Vase de forme élancée, à décor fleuri.

Haut. 0 m. 44

71. — Une paire de jardinières quadrilatérales, à décor fleuri.

Diam. 0 m. 25

72. — Grande jardinière à décor fleuri.

Diam. 0 m. 40

73. — Vase en faïence émaillée vert, décoré en relief autour du col de motifs fleuris.

Epoque Ming. Haut. 0 m. 37

74. — Deux coupes présentoir imitant des feuilles.

Epoque Kienlong. Diam. 0 m. 14

75. — Vase rouleau en porcelaine trois couleurs, à décor de guerriers.

Epoque Taokuang. Haut. 0 m. 18

76. — Support en porcelaine imitant un lotus.

Diam. 0 m. 30

77. — Deux bébés en porcelaine trois couleurs, portant des vases fleuris.

Epoque Ming. Haut. 0 m. 27

78. — Vase de forme aplatie, en porcelaine émaillée vert, à décor fleuri.

Haut. 0 m. 24

79. — Deux petites potiches formant paire, à décor fleuri, sur fond vert.

Epoque Kienlong. Haut. 0 m. 22

80. — Deux vases cornets offrant un décor similaire.

Epoque Kienlong. Haut. 0 m. 24

81. — Pot à gingembre, de forme arrondie, à décor fleuri sur fond vert.

Epoque Kienlong. Haut. 0 m. 19

82. — Vasque en porcelaine bleue soufflée.

Epoque Kang-hi Haut. 0 m. 18

83. — Vase cornet à décor de paysage et de motifs fleuris. Porcelaine bleue et blanche.

Epoque Kang-hi. Haut, 0 m. 42

84. — Autre vase cornet en porcelaine bleue et blanche, à décor de personnages.

Epoque Kang-hi. Haut. 0 m. 42

85. — Cornet coupé en porcelaine bleue et blanche.

Epoque Kang-hi. Haut. 0 m. 28

86. — Autre cornet coupé en porcelaine bleu et blanc, à décor fleuri.

Epoque Kang-hi. Haut. 0 m. 26

87. — Pot en porcelaine bleu et blanc, de belle qualité, à décor de paysage.

Epoque Kang-hi. Diam. 0 m. 18

88. — Autre pot en porcelaine bleu et blanc, à décor de personnages.

Epoque Kang-hi. Diam. 0 m. 16

89. — Vase pilong en porcelaine bleu et blanc, à décor de personnages.

Epoque Kang-hi. Haut. 0 m. 16

90. — Pot couvert en porcelaine bleu et blanc, à décor fleuri.

Epoque Kang-hi.

91. — Vase coupé, en porcelaine bleu et blanc, offrant un joli décor fleuri.

Epoque Kang-hi. Haut. 0 m. 30

92. — Vase cornet, la panse aplatie, à couverte céladon craquelé.

Epoque Yungching. Haut. 0 m. 25

93. — Pot à gingembre, en porcelaine rose, à décor de bouquets fleuris.

Epoque Kienlong. Haut. 0 m. 20

94. — Potiche décorée, en émaux trois couleurs, de bouquets fleuris.

Epoque Ming. Haut. 0 m. 26

95. — Autre potiche, en émaux trois couleurs, à décor de femmes et d'enfants.

Epoque Ming. Haut. 0 m. 35

96. — Brûle-parfums en faïence émaillée brune, décoré d'un crabe.

Epoque Ming.

97. — Deux vases cornets formant paire, en faïence émaillée brune, à décor de bouquets fleuris.

Epoque Ming. Haut. 0 m. 32

98. — Pot couvert, la panse cotelée, à décor fleuri.

Epoque Ming. Haut. 0 m. 12

99. — Bouteille, le col coupé, en porcelaine sang de bœuf.

Epoque Kienlong. Haut. 0 m. 28

100. — Pot, de forme arrondie, en faïence émaillée brune.

Epoque Ming. Haut. 0 m. 20

101. — Tube imitant un tronc de bambous, à décor fleuri.

Epoque Kienlong. Haut. 0 m. 30

102. — Deux pots couverts en faïence émaillée verte.

Epoque Ming. Haut. 0 m. 23

103. — Grand vase cornet en porcelaine bleu et blanc, à décor de personnages.

Epoque Taskuang Haut. 0 m. 95

104. — Vase similaire au précédent.

Même Epoque Haut. 0 m. 90

105. — Très gros pot, de forme arrondie, en faïence crème.

Epoque Ming. Diam. 0 m. 40

ÉMAUX DE CANTON

106. — Grande verseuse, de forme persane, en émail bleu Sèvres, décoré en or de rinceaux fleuris : sur la panse, en réserve, deux médaillons à personnages.

Epoque Kienlong. Haut. 0 m. 37

107. — Autre verseuse, de forme similaire, à décor fleuri sur fond vert.

Epoque Kienlong. Haut. 0 m. 37

108. — Théière, de forme quadrilatérale, à décor de paysages.

Epoque Kienlong.

109. — Théière de forme hexagonale, à décor de paysages.

Epoque Kienlong.

110. — Théière de forme similaire, à décor de personnages.

Epoque Kienlong.

111. — Plateau rectangulaire, décoré sur fond vert de fleurs et de papillons.

Epoque Kienlong. Diam. 0 m. 34

112. — Autre plateau de forme similaire, à décor de personnages.

Même Epoque.

113. — Plateau similaire au précédent. Belle qualité.

Même Epoque.

114. — Plateau de forme quadrilobée, décor de personnages.

Même Epoque.

115. — Plateau rectangulaire, décor fleuri.

Même Epoque.

116. — Grande assiette, décorée sur fond bleu de motifs fleuris, famille rose.

Epoque Kienlong. Diam. 0 m. 37

117. — Drageoir composé de neuf pièces, décoré sur fond jaune, de fins paysages.

Epoque Kienlong.

118. — Douze pièces formant drageoir : décor à personnages.

Même Epoque.

119. — Drageoir composé de neuf pièces : décor à personnages.

Même Epoque.

120. — Deux très jolies coupes décorées d'un motif fleuri, sur fond rose.
Epoque Kienlong. Diam. 0 m. 16

121. — Vase de forme quadrilatérale : décor à personnages.
Epoque Kienlong. Haut. 0 m. 13

122. — Petite boite rectangulaire : décor des mille objets précieux.
Epoque Kienlong. Diam. 0 m. 06

123. — Trois petite soucoupes, le bord dentelé.
Même Epoque. Diam. 0 m. 08

124. — Quatre soucoupes joliment décorées de scènes à personnages.
Même Epoque. Diam. 0 m. 08

125. — Sis soucoupes à décor fleuri sur fond vert.
Même Epoque. Diam. 0 m. 08

126. — Six tasses offrant un décor similaire aux précédentes.
Même Epoque.

127. — Trois tasses offrant un joli décor fleuri.
Epoque Kienlong.

128. — Tasse couverte, à décor de dragons dans les nuages.

129. — Deux tasses en inscrustations de nacre et de burgau, sur fond de laque noir.

130. — Trois coupes offrant un décor similaire.

BRONZES

131. — Bouteille en ancien émail cloisonné, décorée sur fond turquoise de palmettes et de dragons dans les nuages.
Haut. 0 m. 38

132. — Groupe en bronze représentant un personnage debout dans les rochers, sur lesquels se tient un cerf.
Epoque Ming. Haut. 0 m. 30

133. — Deux vases formant paire, la panse quadrilatérale, décorés en relief des figures des Pa'hsien (huit immortels).
Epoque Ming. Haut. 0 m. 26

134. — Brûle-parfums, de forme rectangulaire, à décor de faces de taotieh.
Epoque Ming. Diam. 0 m. 18

135. — Vase de forme élancée, à décor géométrique.

Epoque Ming. Haut. 0 m. 22

136. — Vase porte-bouquets en forme d'un citron digité (main de Bouddha).

Epoque Ming. Haut. 0 m. 33

137. — Petite figure de Kwannin, en bronze joliment inscruté d'argent. Jolie pièce signée : Tamei.

Epoque Ming. Haut. 0 m. 16

138. — Cerf accroupi formant porte miroir.

Epoque Ming. Diam. 0 m. 25

139. — Pièce en bronze formant socle.

Epoque Ming. Haut. 0 m. 16

140. — Socle en bronze, à décor de dragons.

Même Epoque. Haut. 0 m. 10

141. — Singe en bronze.

142. — Godet à eau pour écritoire, en forme d'une pêche enfeuillagée.

143. — Autre godet représentant un oiseau sur un tronc d'arbre.

144. — Godet simulant une aubergine.

145. — Godet, en forme d'une chimère.

146. — Applique : personnage et chien.

147. — Casque en fer, formé de deux lamelles de fer, repoussé de dragons dans les nuages.

Japon XVIIe siècle.

148. — Deux boîtes à pâte, en bronze, cercle de dragons.

Chine XVIe siècle.

149. — Petit bouddha thibétain en argent doré.

150. — Presse-papiers en forme d'une chimère.

151. — Petit vase en forme d'une gourde à double panse, en émail cloisonné.

152/167. — Une collection de dix-neuf très beaux miroirs shintoistes, offrant des décors variés.

Epoques Han, Ming, etc.

2ème Vacation

PORCELAINES

168. — Petite potiche à décor fleuri.

Famille rose. Yungching.

169. — Pot de forme arrondie, en faïence brune, décorée en relief d'un dragon blanc.

Epoque Ming.

170. — Bouteille de forme basse et lobée : couverte turquoise et aubergine.

Epoque Ming.

171. — Bouteille en faïence, à couverte peau de serpent.

Epoque Ming.

172. — Vase de forme quadrilatérale, à décor de grecques.

Epoque Ming.

173. — Singe en faïence.

Epoque Kienlong. Haut. 0 m. 20

174. — Ex-voto offrant une statuette de Kwannin. Faïence trois couleurs.

Epoque Ming.

175. — Figure en porcelaine représentant Cheou-lao.

Epoque Kienlong.

176. — Figure en faïence, émaillée brun, représentant la Kwannin avec l'Enfant.

Epoque Ming. Haut. 0 m. 20

177. — Vase en faïence trois couleurs.

Epoque Ming. Haut. 0 m. 29

178. — Socle en faïence émaillée vert et jaune.

Epoque Ming.

179. — Jardinière de forme rectangulaire, en faïence émaillée trois couleurs.

Epoque Ming. Diam. 0 m. 17

180. — Figure de Daruma, en porcelaine émaillée bronze.

Epoque Kienlong. Haut. 0 m. 20

181. — Figure en faïence émaillée trois couleurs.

Epoque Ming. Haut. 0 m. 20

182. — Figure de *poutai* en faïence émaillée trois couleurs.

XVIIIe siècle. Haut. 0 m. 18

183. — Groupe de trois divinités dans les rochers. Faïence émaillée trois couleurs.

Epoque Ming. Haut. 0 m. 3[illegible]

184. — Figure d'un personnage assis dans les rochers. Faïence émaillée brun.

Epoque Kienlong. Haut. 0 m. 25

185. — Poutai assis et souriant. Faïence trois couleurs.

Epoque Ming. Haut. 0 m. 30

186. — Kwannin et deux assistants : faïence trois couleurs.

Epoque Ming. Haut. 0 m. 22

187. — Deux vases formant paire : faïence trois couleurs.

Epoque Ming. Haut. 0 m. 20

188. — Deux autres vases similaires.

Epoque Ming. Haut. 0 m. 24

189. — Deux verseuses formées de chimères et de jeunes garçons. Faïence trois couleurs.

Epoque Ming. Haut. 0 m. 19

190. — Brûle-parfums de forme rectangulaire, en faïence, offrant un joli décor clouté. Couvercle surmonté d'une chimère.

Epoque Ming. Haut. 0 m. 32

191. — Figure en faïence émaillée noir et jaune.

Epoque Ming. Haut. 0 m. 23

192. — Deux chimères formant paire en faïence émaillée brun.

Epoque Kienlong. Diam. 0 m. 20

193. — Figure de Kwannin assise, en faïence émaillée crême.

Epoque Ming.

194. — Vase de forme élancée, en faïence à couverte peau de serpent.

Epoque Ming. Haut. 0 m. 35

195. — Pot, de forme arrondie, émaillé brun et faune, à décor de dragons.

Epoque Ming. Haut. 0 m. 30

196. — Socle en porcelaine émaillée turquoise et aubergine.

Epoque Kienlong.

197. — Brûle-parfums en forme d'une petite vasque à épaisse couverte céladonée.

Epoque Ming. Diam. 0 m. 13

198. — Vase, de forme hexagonale, en faïence émaillée trois couleurs.
Epoque Ming. Haut. 0 m. 23

199. — Tuile de chauffage représentant un jeune garçon sur le dos d'un bœuf accroupi.. Faïence trois couleurs.
Epoque Ming. Diam. 0 m. 32

200. — Jardinière, de forme rectangulaire, en faïence émaillée trois couleurs.
Epoque Ming. Diam. 0 m. 26

201. — Figure de personnage assis. Faïence trois couleurs.
Epoque Ming. Haut. 0 m. 26

202. — Tuile faîtière formée d'une des figures des Pa'hsien. Faïence trois couleurs.
Epoque Ming. Haut. 0 m. 43

203. — Autre tuile offrant un décor similaire.
Même époque.

204. — Vasque en faïence trois couleurs, sculptée de dragons en haut relief et supportée par trois pieds têtes d'éléphants.
Epoque Ming. Diam. 0 m. 35

205. — Kwannin en faïence émaillée brun et jaune.
Epoque Ming. Haut. 0 m. 33

206. — Verseuse en forme d'une chimère. Faïence émaillée trois couleurs.
Epoque Ming. Haut. 0 m. 30

207. — Figure d'un personnage accroupi. Faïence trois couleurs.
Epoque Ming. Haut. 0 m. 26

208. — Figure de Cheou-lao, en faïence crême brun et jaune, accompagnée de la tortue, la grue et le cerf, symboles de longévité.
Epoque Ming. Haut. 0 m. 33

209. — Coupe à couverte flammée, décorée de deux oiseaux.
Epoque Kienlong.

210. — Figue de Kwannin et deux serviteurs, en faïence émaillée crême.
Epoque Ming. Haut. 0 m. 23

211. — Figure similaire à la précédente.

212. — Daruma assis en méditation. Faïence émaillée céladon.
Epoque Kienlong. Haut. 0 m. 14

213. — Figure en ancien blanc de Chine, représentant Kuanti.
Epoque Kang-hi. Haut 0 m. 25

214. — Kwannin et l'Enfant, en porcelaine bleu et blanc.
Epoque Kienlong. Haut. 0 m. 30

215. — Vase en forme d'un rouleau en porcelaine bleu et blanc, à décor de paysages.
Epoque Kang-hi. Haut. 0 m. 18

216. — Vase de forme quadrilatérale, en porcelaine bleu et blanc.
Epoque Kienlong. Haut. 0 m. 35

217. — Pot à riz en porcelaine bleu et blanc : décor personnages.
Epoque Kang-hi. Diam. 0 m. 23

218. — Vase, de forme ovoïde, en porcelaine bleue décorée en camaïeu de branches fleuries.
Epoque Kienlong. Haut. 0 m. 32

219. — Bouteille, la couverte céladonée flammée.
Epoque Kienlong. Haut. 0 m. 36

220. — Bouteille, la couverte céladonée, décorée en bleu et peau de pêche, de bouquets fleuris.
Epoque Kienlong. Haut. 0 m. 35

221. — Rouleau en porcelaine bleu et blanc, offrant un paysage.
Epoque Kang-hi. Haut. 0 m. 43

222. — Vase cornet en porcelaine bleu et blanc, à décor d'oiseaux et animaux divers.
Epoque Kang-hi. Haut. 0 m. 45

223. — Vase cornet à décor de fleurs de pêchers. Porcelaine bleu et blanc.
Epoque Kienlong. Haut. 0 m. 45

224. — Cornet coupé au col, offrant un décor similaire au précédent.
Epoque Kang-hi. Haut. 0 m. 42

225. — Pot bas, en faïence émaillée vert.
Epoque Ming. Haut. 0 m. 18

226. — Vase cornet, de couverte similaire.
Epoque Ming. Haut. 0 m. 22

227. — Jardinière en faïence verte, décorée en relief jaune, de bouquets fleuris.
Epoque Ming. Diam. 0 m. 15

228. — Coupe en forme d'une feuille aquatique, sur laquelle rampe un petit crabe. Faïence trois couleurs.
Epoque Ming. Diam. 0 m. 16

229. — Coupe en forme d'une feuille : porcelaine émaillée vert.
Epoque Kang-hi

230. — Coupe similaire en ancien blanc de Chine.
Epoque Ming.

231. — Deux grands vases cornets, formant paire, en porcelaine bleu et blanc, à décor fleuri.
Epoque Kienlong. Haut. 0 m. 65

232. — Grande bouteille, la panse lobée, offrant un joli décor fleuri. Porcelaine bleu et blanc.
Epoque Kienlong. Haut. 0 m. 65

233. — Paire de vases cornets en porcelaine bleu, décorés en réserves blanches, de fleurs de pêchers.
Epoque Taokuang. Haut. 0 m. 45

234. — Potiche, en porcelaine bleu et blanc, joliment décorée d'une scène à personnages.
Epoque Kang-hi. Haut. 0 m. 43

235. — Potiche couverte à décor fleuri.
Famille rose. Yungching. Haut. 0 m. 45

236. — Potiche en porcelaine, à décor d'enfants et de bouquets fleuris.
Epoque Ming. Haut. 0 m. 40

237. — Potiche à décor de bouquets fleuris et de poissons.
Epoque Ming. Haut. 0 m. 48

238. — Autre potiche à décor fleuri.
Epoque Ming. Haut. 0 m. 48

239. — Petite potiche à décor fleuri.
Epoque Ming. Haut. 0 m 36

240. — Vase cornet décoré sur fond vert gravé, de bouquets fleuris polychromes.
Epoque Kienlong. Haut. 0 m. 42

241. — Vase rouleau décoré sur fond vert de bouquets fleuris stylisés.
Epoque Kienlong. Haut. 0 m. 23

242. — Vase cornet à décor de guerriers.
Famille rose. Epoque Yungching. Haut. 0 m. 38

243. — Autre vase similaire à décor de guerriers.
Famille rose. Epoque Yungching. Haut. 0 m. 37

244. — Cornet coupé à décor des mille objets précieux.
Famille rose. Epoque Yungching.

245. — Autre vase similaire à décor de personnages.
Famille rose. Epoque Yungching.

246. — Vase de forme arrondie, à couverte flambée.
Epoque Yungching. Haut. 0 m. 28

247. — Vase de forme élancée, à couverte rouge flambée.
Epoque Taokuang. Haut. 0 m. 38

248. — Brûle-parfums en faïence crême, de jolie qualité.
Epoque Sung. Diam. 0 m. 19

249. — Vase rouleau en ancien blanc de Chine, décoré de panneaux à personnages.
Epoque Kienlong. Haat. 0 m. 35

250. — Grande théière de forme tubulaire, en ancien blanc de Chine.
Epoque Kienlong. Haut. 0 m. 42

251. — Cornet coupé en porcelaine bleu et blanc, décoré des mille objets précieux.
Epoque Kang-Hi.

252. — Cornet coupé en porcelaine bleu et blanc, offrant les symboles de longévité et de félicité : sapin, grue et biche.
Epoque Kang-Hi. Haut. 0 m. 28

253. — Bouteille de forme élancée, en porcelaine bleu et blanc, à décor de dragons dans les nuages.
Epoque Kienlong. Haut. 0 m. 38

254. — Potiche couverte en porcelaine bleu et blanc, à décor de personnages.
Epoque Kang-Hi. Haut. 0 m. 35

255. — Bouteille, la panse surélevée, offrant un fin paysage.
Epoque Kang-Hi. Haut. 0 m. 36

256. — Petite bouteille en forme d'une gourde à double panse, couverte poudre de fer.
Epoque Kienlong. Haut. 0 m. 14

257. — Très joli vase, en forme d'une gourde à double panse, la couverte bleu fouetté décorée de rinceaux d'or.
Marque Ming, mais Kang-hi. Haut. 0 m. 21

258. — Très jolie bouteille, de forme ovoïde, la couverte rouge fard.
Epoque Kienlong. Haut. 0 m. 24

259. — Bouteille en forme d'une gourde à double panse, couverte bleu de Perse.
Epoque Kienlong. Haut. 0 m. 20

260. — Le Poète Li-ta-ba accroupi près d'une urne à vin.

Diam. 0 m. 18

261. — Théière en porcelaine, imitant une réunion de fruits.

Epoque Ming.

262. — Vase en porcelaine bleu clair, gravé sous couverte de rinceaux fleuris.

Epoque Yungching. Haut. 0 m. 19

263. — Petit vase, la panse lobée, en porcelaine émaillée crème.

Epoque Sung.

264. — Encrier en porcelaine à couverte peau de pêche.

Epoque Kang-hi.

265. — Vase de forme quadrilatérale, en porcelaine à décor fleuri.

Famille rose. Yungching.

266. — Vase pitong : décor de personnages sous les arbres.

Epoque Taokuang.

267. — Deux figures en porcelaine trois couleurs représentant des bébés portant des vases fleuris.

Epoque Ming.

268. — Deux vases cornets formant paire, à décor d'oiseaux Hôo.

Porcelaine d'Imari. Haut. 0 m. 20

269. — Deux vases cornets formant paire, la panse quadrilatérale, à décor fleuri.

Famille rose. Epoque Yungching. Haut. 0 m. 22

270. — Deux potiches formant paire, à décor fleuri.

Epoque Kienlong.

271. — Deux petits pots, de forme basse, à décor d'oiseaux Hôo.

Epoque Ming. Haut. 0 m. 15

272. — Pot similaire.

Epoque Ming. Haut. 0 m. 15

273. — Pot similaire aux précédents.

Epoque Ming. Haut. 0 m. 15

JADES ET PIERRES DURES

274. — Théière, de forme persane, en jade gris vert, sculpté de dragons.
Haut. 0 m. 22

275. — Porte-bouquets en jade blanc, tache émeraude : Cerf sous un pin.
Haut. 0 m. 10

276. — Poutai accroupi, en cristal de roche.

277. — Vase de forme aplatie en jade blanc, sculpté de grecques et de taotieh.
Haut. 0 m. 18

278. — Petit brûle-parfums de forme rectangulaire en jade gris.
Haut. 0 m. 14

279. — Porte-bouquets en cristal de roche imitant deux troncs de bambou accolés.
Haut. 0 m. 08

280. — Corps de verseuse en jade gris vert.
Diam. 0 m. 12

281. — Boucle de ceinture en jade blanc.

282. — Bracelet en jade gris veiné brun.

283. — Boucle de ceinture en jade blanc taché émeraude.

284. — Boucle de ceinture en jade blanc, à décor de chimères.

285. — Plaquette de boucle en jade gris vert, sculpté d'un motif de pêche.

286. — Boucle de ceinture en jade brun.

287. — Flacon en jade vert imitant une main de Bouddha.

288. — Epingle de chevelure en jade blanc finement ajouré.

289. — Pendentif en jade blanc, le motif central mobile.

290. — Pendentif en jade blanc, tache émeraude, finement ajouré.

291. — Petit pendentif en forme d'une gousse enfeuillagée.

292. — Pendentif en jade gris et brun, à décor fleuri.

293. — Plaquette en agate rouge.

294. — Ornement formé de trois prismes de cristal de roche, disposés sur un socle.

295. — Petite tabatière en cristal fumé.

296. — Tabatière en jade brûlé.

297. — Tabatière en jade brûlé.

298. — Tabatière en jade brûlé.

299/300. — Deux tabatières en porcelaine.

301/5. — Cinq tabatières en agate brune.

306. — Tabatière en cristal fumé.

307. — Tabatière en agate, à décor fleuri.

308. — Tabatière en cristal fumé.

309/17. — Une collection de neuf paires de boucles d'oreilles ou pendants, en jade vert émeraude.

318. — Collier de mandarin en verre imitant l'ambre brun et jadeite vert émeraude.

319. — Collier similaire au précédent.

320. — Collier en verre imitant l'ambre jaune opaque et jadeite.

321. — Un autre collier similaire.

322/3. — Deux colliers en pierre imitant le corail.

324/5. — Deux colliers formés de grosses perles de jade vert taché émeraude.

326/7. — Deux colliers en verre imitant l'ambre et jadeite.

PLATS & ASSIÉTTÉS

328. — Plat en porcelaine bleu et blanc, à décor de poissons dans les herbes.
Marque Ming, mais Kang-hi. Diam. 0 m. 36

329. — Plat en porcelaine bleu et blanc décoré d'un joli paysage.
Epoque Kang-hi. Diam. 0 m. 27

330. — Deux assiettes à décor de dragons et de poissons.
Epoque Yungching. Diam. 0 m. 20

331. — Trois soucoupes à décor fleuri.
Famille rose. Yungching.

332. — Deux soucoupes à décor fleuri.
Epoque Yungching.

333. — Trois cendriers à décor fleuri.
Epoque Yungching.

334. — Cinq cendriers.

335. — Trois soucoupes en porcelaine bleu et blanc, à décor de dragons.
Epoque Kang-hi.

336. — Quatre soucoupes à décor fleuri.
Epoque Kang-hi.

337. — Assiette à décor fleuri.
Famille rose. Yungching.

338. — Deux assiettes, bleu et blanc.
Epoque Yungching.

339. — Deux assiettes à médaillon stylisé.
Epoque Kang-hi. Diam. 0 m. 22

340. — Assiette en faïence, à décor de poisson.
Epoque Ming. Diam. 0 m. 26

341. — Assiette en blanc de Chine : revers bleu.
Epoque Kienlong. Diam. 0 m. 24

342. — Assiette creuse à marli dentelé.
Epoque Ming. Diam. 0 m. 21

343. — Deux soucoupes bleu et blanc.
Epoque Kang-gi.

344. — Trois soucoupes bleu et blanc.
Epoque Kang-hi.

345. — Deux assiettes bleu et blanc, décor personnages.
Epoque Kang-hi.

DIVERS

346. — Potiche couverte à décor de chimères dans les pivoines.
Epoque Ming. Haut. 0 m. 43

347. — Potiche à décor de lambrequins et de médaillons fleuris.
Famille rose. Epoque Kienlong.

348. — Paravent à huit feuilles, orné de nombreuses plaques de porcelaine offrant des décors à personnages.

349. — Brûle-parfums en bronze.
Epoque Ming.

350. — Jardinière rectangulaire ornée sur les quatre faces de plaques en ancien émail cloisonné chinois.

351. — Une paire de vases en porcelaine, ornés sur fond vert de bouquets fleuris et d'oiseaux en émaux de la famille rose.
Epoque Kienlong.

352. — Jolie bouteille de forme élégante décorée des animaux zodiaques disposés dans les rochers.
XIXe siècle

353. — Jolie boîte à thé de forme lobée décorée de motifs fleuris sur fond vert.
Epoque Kienlong.

354. — Vase de forme hexagonale décoré sur fond corail de rinceaux fleuris en or. Les parois sont ajourées.
Cachet Kienlong.

355. — Quatre petites soucoupes en porcelaine bleu de Perse décorées en or de rinceaux fleuris.
Epoque Kienlong.

356. — Petite coupe en jade de fouille, décor clouté.
Epoque Han.

357. — Deux barquettes en émail de Canton, à décor de rinceaux fleuris.
Epoque Kienlong.

358/67. — Un lot de divers petits vases en porcelaines diverses.

368/9. — Un lot de dix petites pièces en ivoire représentant des animaux divers.

370. — Une tabatière.

371. — Six estampes par Toyokuni et Kuniyoshi.

Ming K.

372. — Deux miniatures ovales représentant un prince et une princesse de l'Inde.

373. — Deux autres miniatures analogues.

374. — Un vase à couvercle en ivoire sculpté : Scènes de combat dans un village.

375. — Un éléphant de parade portant un maharadja, le vizir et le cornac.

376. — Une boîte forme ovale à décors de rinceaux et feuillages.

377. — Deux éléphants se rencontrant.

378. — Un charmeur de serpents.

379. — Une ronde de cinq éléphants.

380. — Une ronde de six petits éléphants.

381. — Un éléphant marchant.

382. — Un éléphant sur un socle de feuillage stylisé.

383. — Un autre analogue.

384. — Un coffret en ivoire finement ajouré et orné de huit miniatures.

385. — Deux cadres en bois sculpté, décor de feuillage.

386. — Une coupe plate et deux vases en porcelaine craquelée, et une autre coupe.

387. — Un brûle-parfums en bronze patiné, couverte en bois ajouré avec bouton en quartz.

388. — Un brûle-parfums à deux anses mobiles en métal ciselé et ajouré; décors de nuages.

389. — Un petit écran : feuilles de soie peinte et brodée.

390. — Un panneau brodé sur fond blanc.

391. — Un autre sur fond rose.

392. — Trois panneaux broderie sur fond noir.

393. — Un lot de diverses broderies et étoffes.

394. — Trois panneaux brodés.

395. — Deux panneaux : broderie sur fond blanc.

396. — Vase rouleau à décor de médaillons en réserve sur un fond bleu fouetté.

Haut. 0 m. 43

397. — Deux chimères couchées formant porte-baguettes d'encens.

Epoque Taokuang.

398. — Lots omis.

KELLER, IMP.
88, RUE RCCHECHOUART
PARIS

RED. :

22

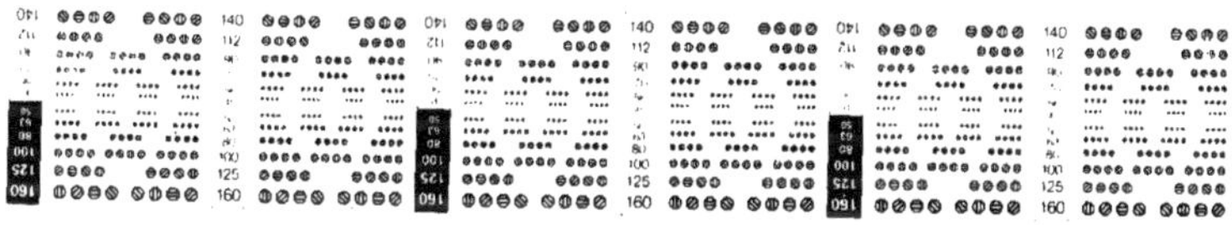

www.ingramcontent.com/pod-product-compliance
Ingram Content Group UK Ltd.
Pitfield, Milton Keynes, MK11 3LW, UK
UKHW020223180726
13838UKWH00005B/2155

9 782329 319070